詩集

歪んだ時計

SAITOH *Akinori*

斉藤明典

竹林館

詩集　歪んだ時計

目次

I

Ⅱ

詩集　歪んだ時計

I

朝の散歩

――「歩く詩人ワーズワスと芭蕉」展（柿衞文庫）に想を得て

今ぼくは歩いている
あすか野は奈良の西北　そして
家から南に数分の「湖水地方」
ぼくの好きな散歩コースのひとつだ

ゴルフ場を貫く道路に沿って
大小四つの池がある
よく通る二つには白鳥がいて
秋には鴨が渡ってくる

連れ合いとぼくは朝
パンのみみと葉野菜をもっていく
小さい方の池の畔に立つと

白鳥が静かに水面を滑ってくる
鴨は白鳥の後ろの方へ遠慮気味に
人間に対する警戒心と
近づきすぎると　白鳥に
つつかれ　追い回されるからだ

ところが　しばらく前から
白鳥がいなくなり寂しくなった
仲良くつがいでいて　卵を産み
ヒナが孵ったこともあったのに

曲がりくねった道を昇っていくと
一番大きい池を見下ろせる峠にくるが
ここは高みから木立の間の水面を
眺めやるだけだ

イングランドの北西部　湖水地方を愛し
歩いて詩をつくったワーズワス
ロマン派は芸術における
自然の地位を高めた

山のへりの細い道
静けさの中をゆっくり歩く
田畑との境になっている小藪に
むかごが小さな実をつけている

古びた池　ふと思い起こされる
　古池や蛙飛び込む水の音
旅した詩人ワーズワスと芭蕉は
静寂に耳を澄ませた詩人*でもあった

＊吉川朗子（神戸市外国語大学教授）の講演より

詩人の詩

詩人は自然の使者
神々の通訳者であると
プラトンは言ったが
二十一世紀のぼくは
自然に心を向ける人間の中で
使者　通訳者　そして
遠くを見つめる者でありたい

甘い詩

ぼくの詩　甘いと感じることがある
自己の限界に生きている人から
何を甘っちょろいことを
と　言われるだろうか

ある日　そうだ！　何ごとに対しても
真剣に取り組んでいないから
そのように厳しい詩が
つくれないのではと気がついた

昔流行した　ケ・セラ・セラ
このような生き方だから
おまえの詩はだめなのだ　と

自己の中の他者が指さす

ミュンヘンに駐在したとき
新システムのプロジェクト
モグラたたきのような仕事
前任者の採用したソフトが
とんだ食わせものだった

リリーフのチームは　毎日毎日
深夜　土日も出勤　ときに徹夜も
ジェネラルマネージャーのぼくは
大抵の人間なら　自殺　よくて
蒸発か入院に追い込まれていただろう

ところが　ぼくはそうならなかった
特別強靭な精神・神経を

持ち合わせていたためではない

ある日本人研究者の論文に
ヨーロッパ人のアルコールの
分解能力は　日本人より高く
ビールなど沢山飲めるというが
ぼくの中の自己と他者は協力して
ストレスを分解したのだろうか

いや　そうではなく　ただ
ケ・セラ・セラみたいな性格が
都合よかっただけではないか

チームの一人　イラン人スタッフ
ポンコツ車を駐車場に停めると
カーステレオを取り外してオフィスに入る

彼はおいしいイラン料理店に
ぼくたちを連れていってくれた

帰省していた休暇明けに
名産のトカイワインを持ち帰り
みんなにふるまってくれた
ハンガリーの青年プログラマー

マネージャーは130キロの巨漢
ミュンヘンに住むのは憧れだが
物価・家賃が高いと
北部のハノーファーから単身赴任
週末にはアオトバーンをとばして帰る

毎日の一杯のビールは健康のもと　と
祖父の言葉を口癖に

1リットルを空け　その運転で
ぼくを家まで送ってくれる

チームメイトもぼくも破滅せずに
帰国　或いは　次の仕事についた
ただ　ぼくの中には　いまだに
ベストのシステムが残せなかった
という苦みがずっと残ってはいる

心を偽る

させていただきます　という偽善
してくれた　という驕り
こんな言葉の洪水　その泥水に
日本は浮かんでいる
自分の心を偽り
真実を隠し見えなくしている

ひとに夢を与える

人の笑顔を中心に
撮り続けている
ある写真家がラジオで語っていた
「人に夢を与える写真を
　撮っていきたい」と

そうだ　これだ！
ぼくの詩も　そうありたい
振り返ってみるに　ぼくの詩は
社会批評　政治批判を主に
リクツが多い

あの写真家が語った「夢」は

「希望」とも言えるが　少し違う
夢想や幻想であってはいけない
夢は希望を内包して　もっと広く
もっとやわらかなものだろう

そんな詩がぼくに作れるだろうか
でも「与える」というと
気持ちにおごりが生じないか
自ずから心の中に湧いてくる
親鸞のような　はからひが

ピンキー*

朝起きると
朝寝坊の麻子が泣いている
〝ピンキーが死んじゃった！〟
うーん　言葉に詰まって
浮かんでくる数々のこと

四羽のうち
最初に我が家にきた
みんなの愛情が集まって
ひとなつっこく育った

ちょんちょんと跳び
そのうち部屋の中を飛びまわり

手に乗り　肩に乗り　頭に乗って
猫もへっちゃら　お友だち

一羽では寂しいかな
相棒のさくらちゃんがきた
先輩にいけずされたが　それでも
愛が芽生えて　ひなが育った

昨年の秋
さくらちゃんと二羽のひなが
家から飛び出したときも
残ったピンキーが
三羽とお姉ちゃんを救った

寒くなると
ベッドのふとんの中に

もぐりこんできた
ピンキー　は
もういない

＊ピンキーは娘が飼っていた初代の小桜インコにつけた名前。

三日月に昇っていった猫

三日月の夜　猫のシャは逝った
彼を一番かわいがり
世話のほとんどをした
飼い主に抱かれて
苦しみもせず眠るように

ここの家族となって一九年
この二・三日急激に元気をなくしていた
夜ぼくたちがテレビを見ている居間へ
いつものようにゆっくり
ゆっくり歩いてきて
妻の膝に乗り

胸にもたれていた
「シャを見て！」
「全く鼓動がないよ」
連れ合いの眼に涙が光った

上の娘が弟妹たちにメール
翌日二人の娘も駆けつけて
小さな箱に布を敷き
花や食べ物を周囲に入れ
みんなで山の中の動物霊園へ

煙突から立ち昇る煙
係員が指さす　今…
短く簡略化されているが
人の葬儀・埋葬を模した喪
夕暮れの帰途　空気が重い

ぼくは　小さい額縁に
「三日月に昇ろうとしている猫」の
絵*をいれた
月にぶらさがっているようだ
若い時の敏捷さがもうなかったのだね

＊'97ボローニャ国際絵本原画展「ネコ」

猫と蝉

我が家の猫　ひめちゃん
顔がまあるく　ほのぼの愛嬌

生駒の山の中で　お腹をすかして
ニャアニャア鳴いているところを
優しい母さんに　拾われて来た

ひめちゃんはベランダが好きだ
夏は特にそうだ　しばらくいて
いそいそと　黙って
階段を降りていく

そんなときには

収穫があったのだ　せみ

ベランダから中に入って
机に向かっているぼくの後ろを
通り過ぎるときにはいつもなら
ニャーと挨拶をしていくのだが

「無言」なのは　口に
獲物をくわえているからだ

一階の廊下にせみを置くと
大好きな母さんを呼びにいく
けっして　噛み殺したり
前足で痛めつけたりしない

連れ合いがそこへ行って

頭をなでてほめてやると
とても嬉しそうだ

そして　まだ生きているせみを
　そっとつかんで庭の植え込みに放す
　　それはぼくの仕事だ

二百日紅

門の上に
大きく伸びたさるすべり
夏の間
十分楽しませてくれた
百日紅

その横に　柵に沿って
広がるつきぬきにんどう
五月から咲き出し
十一月の今も
花が残っている
二百日紅だね

竜田川のうた

生駒に発する竜田川
古く和歌にも詠まれた川
生駒山系と矢田丘陵に挟まれた
細長い平野を南下する

菜畑　東生駒川と合流して成長
中菜畑の桜並木は隠れ名所
往馬大社の前で弧をえがく

暗峠《くらがりとうげ》　河内の美しい姫を求めて通った
雄略天皇は万葉集の巻頭を飾る
縄文海進・後退　河内湖を見ただろうか

走るように　踊るように
そしてまた　ゆっくりと

平群《へぐり》の地　川の畔に長屋王の墓
平城京に遷都の後の
藤原四兄弟にとって
眼の上のたんこぶだった

旧地名の平群には　額田郷が
万葉一級の有名人額田王の地
との説もあるが遠く霞の向こう

法隆寺の塔を東に望んで別れる
聖徳太子が毘沙門天をまつった
と　言われる信貴山 朝護孫子寺《ちょうごそんしじ》

そのふもとの　三室の地では
竜田川と同じく　生駒を出て
矢田丘陵の東側を歩んできた
富雄川と合流　大和川となる

千早ぶる神代もきかず龍田川
からくれなゐに水くくるとは

嵐吹く三室の山のもみぢ葉は
竜田の川の　にしきなりけり

ひところ人間に汚染され　全国ワーストに
最近ではその人間の反省と努力で
生きものも戻り　自然の回復を喜びながら
大阪平野を進んで　海に躍り出る

川の流れに想う

ぼくの生活空間　矢田丘陵にいだかれた
あすか野に沿って王龍寺川が流れている
いや　王龍禅寺の山を発した川の
北西側に住宅が造られたというべきか
小さな流れが一級河川の富雄川に注ぐ

日本の川は　川というより滝のようだ
と　講義で話した世界地誌のF教授
水源から河口に至る　高低差と距離
大陸の川のように豊かに水を湛えて
ゆったりと流れるのではなく
いつも軽やかに駆けている　急流

京の鴨川　鴨長明は明快に語る
　ゆく河の流れは絶えずして
　しかももとの水にあらず　と
久しく留まることのない変化に
人の生のうたかたのはかなさを見た

賀茂御祖《かもみおや》神社の禰宜の息子長明は
従五位下が与えられた知識階層だが
神職としての責任に欠ける生活態度で
和歌・音楽など多彩な才能を持ちながら
亡き父の職　正禰宜を継ぐことができず
日野山の方丈の庵に　隠遁した

古代ギリシア　エペソスの哲学者
王家の家系に生まれた　ヘラクレイトス
闇い人　謎をかける人　と言われた彼は

王家の責任・政治を嫌悪して隠棲
　同じ川に二度入ることはできない

世界の本質は変化にあり
変化を続けることで安息があると考えた
静かに常に変わらない流れにこそ
変化を思惟・思考したのだ
水のほとばしる様相からは
別の思いが浮かんだだろう

すてきなTシャツ

ベネトンのフォーミュラ1だぞ！
カッコいいTシャツね
うん　これ息子のお古
小さくて着られなくなったって

連れ合いが言う
あなたのはブランド品でいいわね
わたしのは娘のお古
流行遅れになった無印良品
夫婦そろって子どものお古

おんどり

ぼくはオンドリ　家の中の朝をつくる
「朝はふたたびここにあり」*
快晴のパリパリした朝は気持ちがいいね

家族のみんなが寝ている間に
朝刊・牛乳を取り入れ　雨戸を開け
お湯を沸かして　コーヒーの用意と
テーブルセッティング

「諸羽《もろは》打ち振る鶏《くだかけ》は
喉《のんど》の笛を吹き鳴らし」*
コケコッコー！　連れ合いに
「起きる時間ですよー」

鶏が朝を告げるというのは本当だ
フランス南西部の小さな町で
まちおこしのため
全家庭でにわとりを飼うことにした
アパルトマンに住んでいて
鶏が飼えないひとには
町が共同の飼育場を提供する

オムレツ・たまごやき　いろいろ
沢山働いた後は　かしわとなる

ひとつ　条件がついている
オンドリを飼ってはいけない
それは　朝早くから鳴くので
安眠を妨げるからだそうだ

ところで
ぼくは雄鶏とは違うのだ
鶏は夜明けに鳴くが
ぼくは　冬期間　日の出が遅く
あたりが暗くても黎明を告げる

＊島崎藤村「朝」より

さが…おんどり前譚

■ さが　サガって？

「さが」は東海から関東にかけて
北西の高所から海沿いの村々に吹く風
ローヌ河に沿って地中海に吹き降ろす
寒冷で乾燥した北風ミストラルのようだ

「さが」は　相・性　習わしや習慣も
　これは説明不要だ
そして　祥にいたっては
前兆　きざし　めでたいしるしも

そうではなく「嵯峨」であろうか

高低があって不揃いなさま
山が高く険しいさまも
京都の嵯峨野は寂の趣

Saga　それは　神話・英雄伝説だ
ノルウェーと　ノルウェーから
アイスランドへ移住した人びとによって
散文で書かれ語られた

　これが転じて　一族の「歴史」を描く
　叙事的長編小説にもなっている

■

　おんどり前譚

○○その後　とは言われるが
○○その前　なんて聞いたことがない

以前　おんどりという詩を書いたが
自分を美化した感じで
心の中がうずいている
事実には違いないが

現役時代もやっぱり朝は早かった
帰宅は　深夜　ごぜんさま
家のことは　ほとんど何もせず
ただひたすら　エコノミック・アニマル

何ヵ月ぶりかの日曜日
家族そろって夕食　一番上の娘が
お父さんどこでごはん食べてるの?
次の息子が　お父さんどこで寝てるの?

連れ合いから　私は
夫のいない妻*のようだと言われ
さらに　もう一言　会社の近くの
ビジネスホテルに泊まったら？

あの詩のおんどりは
会社を「卒業」してからの日常
あのおんどりの　その後ならぬ
その前　の実情でした！

Saga は
もう一段転じて
意味を獲得していた
退屈な苦労話・経験談も

＊実際に話した言葉は、現在、放送禁止（差別）用語になっているため書き換えた。

算数の勉強　――吉田光由『塵劫記』に想を得て

数の勉強をしましょう
　では声を合わせて
一・十・百・千・万　つぎは
億　十を八回かけます　すなわち十の八乗

ここで囲碁の劫にはまって　ちょっと道草
一劫は四億三千二百万年
法蔵菩薩が　五劫もの間修行して
　　　　　　　　悟りを開き
阿弥陀仏になったという時間です

兆・京　京は十の十六乗
　劫の一億倍は億劫

みなさん　おっくうがらずに
　前へ進みましょう

垓・秭・穣・溝・澗・正・載
　さあ　やってきました　じごーくごくらく
極　十の四十八乗です　そして

恒河沙　ガンジス河の砂つぶもこれくらい
阿僧祇　数え切れませんね　その上は
那由他　きわめて大きな数　のあとは
不可思議　ふしぎの世界は十の六十四乗

　　　　無限大となり　その先は無限小へ*
分・厘・毛　そして　糸は十のマイナス四乗
忽・微・繊　ついで　沙は十のマイナス八乗
塵　空中にただようチリ　十のマイナス九乗

埃　さらに小さなほこり　十のマイナス十乗

バイキンくんは　十のマイナス六乗メートル
ヴィールスくんは十のマイナス九乗メートル
オングストロームに　研究の名を残した
スウェーデンの物理学者

まだまだ
渺・獏　バクゼンとして　十のマイナス十二乗
ここまで来ると　あいまいもこもこ
模糊　ぼんやりしてはっきりしない
十のマイナス十三乗

よくできました　お疲れさま

＊無量大数、模糊より下は割愛。『塵劫記』に無限大・無限小の概念はない。

意味の衣服

人間は　衣服というより
意味を着ている　と言ったのは
ロラン・バルトだった
詩人の言葉の重ね着は
意味となって
人を温めるだろうか

コーラス

ぼくは歌が好きだ
一人で歌うのもいいが
みんなで奏でるハーモニーはもっといい
近くの混声合唱団に入ってうたっている

でも　ぼくはうたがうまくない
譜読みが遅い
音がときどき舞い上がったり
　　　低空飛行したり

弱起　アオフタクトや
シンコペーションなどたまらなく弱い
ジャズやフォークに限りません

曲に変化をつける大切な要素です
音が三つ結ばれている
これは三連符ですからね
四分ー付点四分ー八分に聞こえますよ

右手二拍子　左手三拍子で
ひざをたたいてみましょう
そんなむつかしいこと！

ここは三拍です
二拍半しか出てませんよ
小節一杯のばして素早くブレス

八小節目の出がバラバラです
横の流れ…メロディーだけでなく

縦にも…各パート合わせてください

上の fa はしんどいよ　下の mi も
低音は声帯によって決まりますが
高い方は努力でかなりいけますよ

音域が狭い　声量がない
それでも　ぼくにも
自信のあるところもある　ハ・コ・

ヘ音記号で歌っているバスパートにも
たまにくる主旋律　こんなとき
作曲者・編曲者に　乾杯！
ぼくの声は気持ちよく飛翔する

十五夜

十五夜の月が
薄い氷原の上をすべっていく
息を呑むような速さだ
早くあの黒い水面に出よう
海に来ると月は止まった
一段と明るく輝いて

この前見たのは
いつだったのだろう
こんなにゆったりとした気持ちで
ベランダの手すりにもたれて
すすきも飾って
お団子も味わった

ひとのあとを行く

ぼくは　ディレード・ユーザー
便利な電卓が出てきても
加減はソロバン　乗除は電卓
こうして今も　確定申告を書いている

文を書くのも　先ずは紙とシャーペン
ワープロ登場　次いで　パソコン出現
論文も　エッセーも　詩も
メモ・下書きのあと　ＰＣに入力

電話もそうだ　ケイタイ
長い間　文字通りの　携帯電話
最近メールもできるようになった

スマホとタブレットの時代の今

ぼくのようなのを　差延人と呼ぶか

「差延」は　ジャック・デリダの造語だ

意味の差と　時間の差

周回遅れのランナーに拍手を送ろう

手紙

愛するマルタ・ベルナイスに
婚約中の四年半
９００通以上の手紙を書いたのは
ジークムント・フロイトだ
年平均２００　一日半に一通！

ぼくも手紙を書くのは好きだ
口下手なぼくは　書く文章の方で
人に負けない力をつけよう　と
若い頃考えた
ところが　苦い経験をした

筆が走りすぎて一人の友を失ったのだ

どのことば　どの表現が
彼女を傷つけたのか
書いた手紙の写しのノートを
何度も何度も　読み返した

フロイトはあんなに沢山書いて
ペンを滑らせることはなかったのか
手紙と交際の両方が
二人の間を固めたのだろう

ジークムントが亡くなるまで
マルタは最愛の妻として
彼と連れ添ったのだから

手紙は　伝えたいことを
表現するだけでなく

自分の思いを整理し
交信する中で
考えを形づくる

孤独を愛したルソーは
書簡体小説の中で
　すべての偉大な情熱は
　孤独の中で作られる
と語っている

精神分析家であったフロイトは
患者とも文通し
治療について語り・聞き
多くのものを生み出していった

黄金のリング２０１２

ぼくたちの結婚四〇周年
祝福してくれる月と太陽
金環食は　人の生の円環
直線的でも輪廻でもない
ぼくたちの　円環の生命

きみとぼくとのミラボー橋

アポリネールたちの思いは
ブーローニュの森の近くの
ミラボー橋の上で鐘の音に
流れゆくセーヌ川を見やる

きみとぼくの愛は変わらず
二人で組んだ腕の橋の下を
潜り通り過ぎていくものを
満ち足りた思いで見つめる

喜びと悲しみで糾われた糸
輝くばかりの布を織りなし
希望の大海原となっている

Ⅱ

ゆがめているのは誰？

ダリ展を　また観に行った
ぼくの好きな歪んだ時計
柔らかい時計が炸裂すると
すべてが歪んでぼくに到達する

私のせいではないよ　と彼は言い
ぼくもそれを認める
ダリに時計を歪めさせたのは
アインシュタインだし

壊したのも　間接的には
そうだと言える１９４５年*
記憶は固執し　持続する

気高かった時間はどこへ？

ゆがんだ大気の　まずい空気が
のどを通って　肺に入っていく
ま　それくらいなら　よいのでは？
血液トロッコに乗って出ていくから

もっとこわいのは　頭のゆがみ
発信されたときから歪んでいて
それが偏向された電波に乗って
眼や耳から入り脳細胞を清める

＊広島・長崎に原爆が投下された。

マネーロンダーリング

梅雨のある朝　洗濯ものを干そうと
洗濯機の中を見ると　千円札！
皺にはなっていたが　破れていない
早速洗濯ハサミで止めて干す

誰のものかはウヤムヤにしておいて
…本当は心当たりがあるのだが
それにしても強いものだねー
連れ合いと二人で感嘆

これがホントの
マネーロンダーリング
天国に持っていくための

「資金洗浄」とは違うのだ

laundry と言えば　思い出す
ミュンヘン駐在時のこと
単身赴任のぼくは　朝出勤時に
クリーニング店に寄っていく

カッターシャツがほとんどだが
必ず店員に聞かれる
「ドライクリーニング？　オーダー
ローンドリー？」

ドイツ語のあまり流暢でないぼくに
これは英語だ
laundry でと言うと水洗いされる
「ドライクリーニング　ビッテ！」

“money laundering”
そういえばさっきの千円札
あれはぼくのだと
正直に言うべきだったかなー

後日　乾いたのを
きちんと伸ばすと　縮んでいる！
銀行へもっていき　訳を話すと
新しい札に交換してくれた！

1%

良い羊飼いは　99頭をおいといても
はぐれた1頭の羊を救いに行くそうだ
ところが　我が国では　1%のために
99%を利用する政党・政治家を選ぶ
小選挙区制　シメールを負うに似て

狂気

「狂気には二つの種類がある
その一つは人間的な病によって
他の一つは神に憑かれて生じる
この二つ目を　四つに分けて
アポロンのつかさどる予言の霊感
ディオニュソスのつかさどる秘儀の霊感
ムーサの神々がつかさどる詩的霊感
アプロディテとエロースのつかさどる狂気
そして
恋の狂気が最もよいもの」
と語ったのはソクラテスだが

現代の日本の政治の場で交わされる狂気を

どの神々につかさどってもらえばよいのか
いや　どの神もみな
「これは始末におえない」
「人間の自己責任だ」と
投げ返してくるかな
でも　心優しい神々は
「天罰」など与えはしない

普天間の騒音と不安
それなら辺野古が唯一と
沖縄に米軍基地を押し付けてきた
日米の歴代政権　そして
「反対」と言いながらも
それに加担してきたぼくたちヤマトンチュー
ぼくたちの中に騙されたという人もいた
というのは　言い訳にしかならないか

原発を沢山作って「電気」の消費をあおり
自動販売機　二四時間営業のコンビニ
広告ネオンと「町おこし」のためのライトアップ
ＰＣ　インターネットなどどんどん使っちゃおう
「安全神話」を楽しんで
そう　あのタレントのように
「それは必要です」と
やっぱりぼくたちはそれを支えてきたのだ

ワシントンの執念の一〇年
ぼくも昇ったことのあるＮＹの
ワールドトレードセンタービル
これを破壊したと声明を出したグループの
首領を殺害して
「テロとの戦いで大きな成果」と

大統領がとくとくと発表するこの狂気
原住民のシンボル的存在を暗号名に使い
他人の家に勝手に上がり込む
この「テロリスト国家」
自ら引っ込めた「ならず者国家」も
ともにこの国に冠されるべき名

ソクラテスの分類にはおさまらない
新たなカテゴリー
アポロンでもなく
ディオニュソスでもない
現代のユーピテルの
つかさどり

拝啓　首相どの

拝啓　首相どの
ボリス・ヴィアンに倣って
ぼくも手紙を書きたいのです
いいえ　そんなに長くはありません

あなたは積極的平和主義と称して
日本を戦争のできる国にしようと
がんばっていますね
戦死したわたしたちを祀るため
あなたはせっせと War Shrine に
お参りしているというじゃありませんか

しかし　ぼくは戦争に行きたくありません

あ　ぼくのようなおいぼれに
召集令状は出しませんか

でも　ぼくの子どもや孫　未来多い若者には？
みんなこぞって　嫌だと言っています
人を殺したくありません　もちろん
殺されたくもありません

震災・津波・台風・洪水などに乗じ
近く想定される大地震への警報を利用して
緊急に国民を総動員するしくみを
作り上げようとしていますね

これにマスメディアを加担させ
３・１１復興に名を借りた「花は咲く」
サブリミナルな効果も狙っている

真実を見抜く眼をもち
表現する勇気をもった作家が
「気持ち悪い」と表現したように

追伸：手紙なのでここも読んでください
ボリス・ヴィアン Le Déserteur（脱走兵）は
ここでは兵役拒否者と言った方が合いますね
それから　War Shrine はアメリカのメディアの用語で
ぼくの発明ではありませんので　念のため

エーゲ海の浮島

日本の国民は
デロス島に乗っている　誰か
繋ぎとめてくれないかと
ゼウスでなくて　怪物が
混沌の世界へ曳いていく

マフィン

イングリッシュ・マフィンを前にして
イギリス出張時のホテル　B&B
朝食に　よく食べたことを思い起こす

淡い輝き　午後のひととき
コーヒーの香りがゆれて
味わうアメリカン・マフィン

コーヒーを　ヨーロッパに
もたらした　オスマン・トルコ
流れ出てゆく　チグリスとユーフラテス
アングロB&Bが　この文明の地に

ミサイル・マフィンのごちそうを用意
マフィンはやめて
マドレーヌにしよう*
マルセル・プルーストの
プチット・マドレーヌは紅茶に浸して

* 当時のフランスの大統領はイラク攻撃に反対した。

大ナマズもたまげる

カミナリさまも　ビックリ
風神 竜神 山の神も　仰天
大なまずも　な　なまつば

西半球の大陸　北極の近く
気候変動枠組み条約の中の
　地球温暖化防止のための
京都議定書に反対した国が
　　気象変動を起こして
敵国を攻撃する技術を開発

アラスカの山地に　大アンテナ群
超高出力の電波ビームを発射し

地球の衣服　電離層を破る
たてついた国には
M９クラスの大地震
　巨大津波　ハリケーン
　　洪水　干ばつ　異常気象
酉年に　トリ肌の立つ話
ココナのHAARP*の　気象兵器

＊「高周波活動極光研究プログラム」（米）

BLACKOUT　そして

空虚が支配している
虚無というニヒリスティックな匂いではない
原発　それは人知の闇と語った宗教者がいた
だが　人心の闇も付け加えるべきであった

ハイデガーの言う　現存在は
飢えというものを　まったく知らない
糧を道具と解釈することができるのは
ただ搾取の世界にあってのことなのだ　と
五〇年前にE・レヴィナスが書いたのは
フクシマから　ツナミなど念頭になく
電気を搾り取っていた者たちのことだったか

劣悪な最前線で作業員を働かせる会社は
国民を守らず　多くの市民の生活を破壊した
線量計をもたない牛や馬　犬や猫　鳥や魚たち
南の国からやってきた燕　そして　ひなたちも
自分の身体・遺伝子の損傷さえ気づかず
なぜ自分が自分の生をまっとうできずに
死んでいくのか知らないまま死んでいく

「私は死にそうだ！」

――文系学部の叫びに

≪Je suis mort!≫
「私は死にそうだ！」

ロラン・バルトが躓きの石として挙げ
ジャック・デリダがそれを引用して書いた
バルト追悼の小論文　からの孫引き

この表現は　文字通りには
「私は死んでいる」「私は死んだ」
死者がしゃべるはずのない不可能な言葉
しかし　フランス人の間では使われている

「私はもうへとへとだ（死にそうだ）！」

今の日本の政府・文部科学省による
大学・文系学部の縮小・廃止への圧力
「理工系で稼ぐので
　考える人間は不要」

かつてフランスで選挙のときに
「今さら公務員試験の問題に
『クレーブの奥方』でもあるまい」と
サルコジ大統領が発言

これをきっかけに
反発した大勢の人々が
パンテオンの前に集まって
この小説を朗読した　そして

ラファイエット夫人の心理小説が
見直され　復権した

ぼくたち「文系」の中にいる詩人も！
通天閣にのぼって　わたしたちにも
「活躍」する権利があると　詩を読もう

おかしな日本語使用

鉄道事故で
「運転を見合わせている」
台風や地震で住民が
「自主的に避難している」
歯に衣　本心を覆う
民主主義の力の欠如

「白紙委任状」　――ルネ・マグリット展を観て

みんなで今の政府に
「白紙委任状」を出しませんか

憲法破壊も　安保法制も　辺野古も
原発も　ＴＰＰも　消費税も
介護も　派遣法も　「マイナンバー」も
全部マルマルお任せします
好きなようにしてください　と

民主主義を取り戻すとか
政権を取り換える　とか
いいんではないの　そんなこと
今まで日本の国民は　ずっと

「白紙委任」をしてきたのだから

えっ？
ふざけたこと言うなって？
SEALDs の運動などで
盛り上がろうとしているときに
とんでもない！

ごめんなさい　でもね
あなたは　松陰や竜馬に
喝采してきませんでしたか？
彼らを「英雄」と持ち上げた
のではなかったのですか？

世界の歴史の流れに逆行して
　資本主義経済と両輪をなす

　共和制・民主主義の時代に
列強の植民地にならないことに
矮小化して　視点をすりかえ

時計の針の
長針が　一目盛進んだときに
短針を　一目盛後ろに戻された　が
それは違うのではないの？　と
署名を拒否しましたか？

ルネ・マグリットの「白紙委任状」
白紙委任　ル・ブラン・サン　とは
証書の署名欄に　サインせず
空白のまま出すこと
林の中を自由に乗馬する婦人の絵

この女性と馬は　どこにいるのか
木の陰か　こちら側か
目に見える…と思っている…ものは
隠されて見えなくなることがある　逆に
隠れているはずのものが見える

今の政権と歴代権力機構が
ワイドショーのように見せつけ　逆に
隠し　隠されているものの覆いをとり
隠れもないものとして　見える化する
アレーテイア　真理・真実を

そこから民主主義は始まるのです
１８６８年の轍を踏んではいけません

夕暮れ時の散歩に思う

初夏の夕暮れ
住宅地を外れ　田畑の畔をゆく
水が一杯張られ　苗を待つ田に
夕日が反射して　目にささる
日没はソクラテスの刑執行のとき

迫り来る静寂　　彼は
問いをためらう弟子たちに語る
アポロンに仕える白鳥の死期に
神のもとへ帰れることを喜んで
一層美しく鳴くような心もちと

詩人を評価しなかった彼も

死を前にして　詩を書いた
夢が神々のメッセージをもたらし
「ムーシケー*をせよ」　　そして
アイソポス**の物語を「詩」にした

＊ ムーシケー…歌・音楽・ダンス・詩・文芸などを司るムーサの女神たちの技術（現代風に言えばアート）ということで一般的に文芸活動をさす。

＊＊アイソポス…イソップ

なくなる名と場

ぼくの生まれた名古屋の家が　空襲で
育った町　能登川が　市町村合併で

就職した会社の
　最初の配属先の工場は　商業施設に売却
　駐在したミュンヘンの子会社も閉鎖
　統括会社は　親会社に　その親もまた
吸収合併された

二五の言語科と国際文化学科をもって
東京と張り合っていた大学も統合されて
みんな消えてしまった

ジャック・プレヴェールの　習字の時間
うんざりした子どもたちを　小鳥が助けに
黒板の数字が消え
インクやペンは　元の原材料に
戻っていったが

ぼくの方は　悪い夢
遠い昔　インド亜大陸が
アフリカの地を離れ
ヒョッコリヒョウタン島して
今の場所へ来たように

日本列島が　太平洋の東の国に
国境線を消してくっつくなどと

家は思い出

家は石で造られていると
誰もが思っている　が
それは間違いだ
家は思い出でできているのだ
と言ったのはサルトル

ぼくの生まれた
名古屋の家は
空襲で焼けてしまった
思い出と言えるものが
残らなかった幼い日々

岩手　宮城　福島の

人びとの思い出を
三月十一日の地震と津波は
破壊しただろうか

フクシマは複雑だ
目に見えない放射能が
形を崩さず
思い出を蝕んでいる

子どもの日が過ぎて

連休に来た子どもや孫が帰り
静かになって　聴くカセットテープ
好きな曲をダビングしたものだ

「ゆりかごのうたをカナリヤが～」
夜中に目を覚まして泣く子を抱き
低く歌った　なにか涙が出てくる

「いつのことだか思い出してごらん」
三月　幼稚園のお別れ会
懸命に歌う姿に　止まらなかった涙
子どもの姿が　今の孫の姿に重なる

この子たちに
どんな未来が残せるのだろう

二年前　投票権をもった大人たちは
しあわせなファウスト博士になって
メフィストーフェレスに魂を売ってしまった

富める者がますます富む「旧」自由主義
戦争をする普通の国
多くの犠牲を生んで時計が止まる　その前に

セロ弾きゴーシュの夢

笛吹きドロワ君が　言いました
ゴーシュ君　ぼくに従いたまえ
ぼくは法律だ　真直ぐで正しい
右へ案内するのだ　秘密だぞ

ゴーシュ君　困った‥　そこで
カッコウ　タヌキ　野ネズミが
教えてドレミファ　アンコール
みんなでゴウゴウ♪響かせよう

日本　冬物語

ハインリヒ・ハイネに倣って
みんなで冬を物語ろう
春になると消費税が上がり
まもなく　秘密裏に
自由の息の根が塞がれる

みんなで冬眠だ…　いや　ハイネが
じっとしていろと言ったのは
皇帝に向かってだ
ぼくたちは　野に出て
ぼくたちの春を作ろう

大舞台

人が生まれてきたときに泣くのは
この馬鹿者どもの大舞台に
出てきてしまったことを
嘆くからだ　と
シェイクスピアは言ったが
それは　四百年後の
ユーラシア大陸の東に浮かぶ
島のことだったか

首相が日米会談に行くのは
「卒業旅行では困る」と
ある新聞に書かれていたが
ぼくが思うに

「落第生に卒業旅行なんかあるか」
と　つけ加えるべきだった

こんな大根役者が
金をばらまいて観客を集め
えばっている小劇場
大陸の西のグローブ座から
放たれた矢が
ぼくの胸に突き刺さる

可能性の歴史

――ウード・クルターマン『芸術論の歴史』のレエクリチュール

芸術と倫理は
戦争文明と
飽食・飢餓の世紀においては
負け戦を戦っている

だからぼくはこの戦いに
どんな希望も見出さない
希望とは　可能性
ひとは可能性を投企して生きる

だが　良心をもとうと意識する人々は
猿の帝国の猿本主義を前にして

戦うすべがないのだ

自分が自分であることを忘れて
日常生活の中に
頽落している人間に

『渚にて』の主題歌の旋律が
通奏低音として
葬送の曲を奏でる

ゴールデンウィーク

一日は　メーデー
三日は　憲法記念日
五日は　子どもの日

このすばらしい週間
子どもと　働く者と
それを支える憲法と

そして　母の日までのばして
みんなで大切にしたいもの
えっ？　何か抜けてるって？
そうだ！　もう少しのばして

ぼくの結婚記念日　の次の
沖縄　施政権返還　の日
歴史の体内時計を
逆戻りさせないように刻む

投壜通信

パウル・ツェランの投壜通信
ぼくもウェッブにのせて壜を流そう
西方の人に知ってほしい
過去からやってきた市場主義者に
ランド・ジャックされてしまった　と

『今昔物語』

昔話はより詩的であり
伝説はより歴史的である
と　グリム兄弟は言った

原発・消費税・ＴＰＰとうそつき
二十一世紀の今昔物語は
何と形容すればよいのだろうか？

アルション

アルションという店でケーキを買った
今日はぼくの「お菓子当番」だ
コーヒーの香りに　甘い思いが広がる

アルションはフランス語で
ギリシャ神話のアルキュオネだ
風の神アイオロスの娘
テッサリア王ケユクスの妻となった
ケユクスは良い夫善い王だ

ある日王は身の周りに
不幸なできごとが続いたため
アポロンの神託を伺いに旅に出る

危険な海　アルキュオネはとめたが
夫の決意は固かった

アルキュオネはケユクスの無事を祈り
良人が帰宅したときのととのえをし
ひたすら待った　しかし

船は嵐に遭い難破
死んでも妻の待つ海岸に
流れ着くことを願いながら
沈んでしまう

夫の死を知らずに待ち続ける
アルキュオネを憐れんだヘラ
ゼウスの妻　神々の中の女王は
虹の女神イリスを呼び

ヒュプノスの住家へ行くように言う
ケユクスの姿をした幻影を送って
アルキュオネにあのできごとを
知らせるよう伝えておくれ　と

山の洞窟に住む神ヒュプノスに
神々の中で一番もの静かな神
心を鎮め慰める神よと呼びかけて
イリスはヘラのことばを伝える

ヒュプノスは息子たちのうち
夢の神モルペウスに命を言いつける
モルペウスはケユクスに姿を変えて
アルキュオネの寝椅子の前に立ち
目を「覚ました」彼女に伝える

ケユクスのゆうれい！
日本の昔話なら
本人が幽霊となって
　現れるところだ

彼女は夫を見送った海辺に行き
流れ着いた死骸を見て泣き
防波壁の上から飛び立つ

一羽の海鳥になって
翼で夫の身体を包む
神々が夫も鳥に変えてやり
二人ながら鳥になって暮らした

海に凪をもたらすアルキュオネ

アルションのケーキとコーヒーで
ぼくたちの心にも平穏が……

地球の多くの場所で争いと戦いがあり
日本の今の政権はぼくたちをそこへ
連れていこうとしている
「いいえ　いやです　戦争は」

海の上に巣を作ることで
嵐に荒れ狂う海をも鎮める
平和の鳥*　アルキュオネの静穏

＊研究発表論文「プルースト作品における鳥の表象」
（京大、博士課程の大学院生M）から引用

あとがき

ぼくにとって第2詩集が出ることになった。初めての詩集『逆巻き時計』から十三年経つこの秋、連れ合いと話をしているうちに、「出したら?」ということで決心した。

内容・スタイルともに第1詩集との統一性を重視した。作品群を二つのグループ（I 生き物、自然、日常生活、生き方、詩論、II 社会批評・風刺、政治批判）に分けたのも基本的に同じである。また、I・IIにタイトルを付さないこと、序文を置かないこと（実は、学んだことのある『文学批評』を生かした短いエッセーを書いてあった）で、先入観をもたずに作品に入ってもらえるようにと考えたことも同様だ。

本書のタイトル『歪んだ時計』は、昨年夏、京都へ観に行った「ダリ展」から生まれた詩の中のことばからとったものであるが、これも第1詩集との統一性という点で良いと考えた。

最後になったが、この詩集の発行に丁寧な助言とシンプルで美しい色・デザインの表紙の提案などをいただいた、竹林館の代表である左子真由美さんにお礼を申しあげ、そして、詩の原稿の段階からの適切なコメントを含め、詩集出版への環境とエネルギーを与えてくれた連れ合いのよしみに深く感謝を捧げる。

二〇一六年十二月

斉藤 明典（さいとう あきのり）

名古屋市出身、奈良県在住。
小・中学生のころは詩（短歌・俳句を含め）を書いていたが、
その後は離れ、退職した日の翌朝、詩を創ろうと思い立つ。
現在、「関西詩人協会」「ＰＯ」「大阪詩人会議」に所属。

著書『逆巻き時計』〈現代日本詩人新書〉（近代文藝社）

詩集　歪んだ時計

2017年1月20日　第1刷発行
著　者　斉藤明典
発行人　左子真由美
発行所　㈱竹林館
〒530-0044 大阪市北区東天満2-9-4 千代田ビル東館7階FG
Tel　06-4801-6111　Fax　06-4801-6112
郵便振替　00980-9-44593
URL http://www.chikurinkan.co.jp
印　刷　㈱国際印刷出版研究所
〒551-0002　大阪市大正区三軒家東3-11-34
製　本　免手製本株式会社
〒536-0023　大阪市城東区東中浜4-3-20

ISBN978-4-86000-353-1　C0092